KB201969

꽃빛에
젖어
그대 가슴에
안기고 싶은
날

꽃빛에
젖어
그대 가슴에
안기고 싶은
날

글 · 그림 안숙현

달봄

시인의 말

말로 만들어진 그림을 사랑합니다.
위안과 위로로 다독여 준 시를 사랑합니다.
넋두리 같은 말로 마음에 치유를 해준
풍경이 된 시를 사랑합니다.

아픔을 준 사람도
힘들게 한 사람도
그 모두가 사랑이었음을.

말에 날개를 달아 준
희망이라는 날개를 달아 준
인생의 지표가 되어 준 모든 이에게
감사합니다.
사랑합니다.

2013년 9월
안숙현

······························ 차례 ······························

시인의 말 ·9

봄이 쏟아져 내린다

그대 그리운 날엔

빛바랜 사진 한 장

언제나 좋은 사람

봄이 쏟아져 내린다

봄비 내리는 날이면

우산도 없이
길을 걷는데
때 아닌 봄비가 내립니다

회색빛 아스팔트 위에
떨어지며 그려지는
빗방울 방울방울
커다란 동그라미 속에
환하게 미소 짓는
당신 얼굴이 있습니다

오늘처럼
예고도 없이
봄비 내리는 날이면
그리움 같은 당신이
너무나 보고 싶습니다

늘 그리운 얼굴

내 마음에
바람이 불면
늘 그리운 얼굴

슬픈 마음
위로 받고 싶을 땐
더욱 그리운 얼굴

기쁜 마음
함께 나누고 싶을 때에도
늘 그리운 얼굴

바람 불어 가슴 허전한 날에도
눈물 나게 슬픈 날에도
너무 좋아 기쁜 날에도
늘 함께 하고픈
그가 몹시도 그립습니다

사랑, 그게 뭐길래

사랑이 고프다
따뜻한 정이 고파
허기가 지고 메말라 간다

너의 사랑 안에서만
막혔던 숨을 쉴 수 있고
아파서 흩어졌던 마음들도
하나로 모아지는데

사랑, 그게 뭐길래
사람, 그게 뭐길래
그리움, 그게 뭐길래

용서

진정으로 용서를 구하지 않는 그대를
나 진정으로 용서하지 못했습니다

누구든지 잘못할 수 있는데
누구든지 실수할 수 있는데
속 좁게 이해하지 못했습니다

의심은 자라고 자라서
또 다른 의심이 생기고
의심은 오해를 낳았습니다

이상하게도
의심이 깊어질수록
오해가 쌓여갈수록
내가 더 아팠습니다

바보처럼
뒤늦게 후회를 하였지만
뒤늦게 잘못을 깨달았지만

이미 그대는 떠나고 없습니다

진정으로 용서를 구하는 것이
용서를 받아들이는 것이라는 것을
이제야 깨달았습니다

힘들어도 견딜만해

아주 작은 마음이라도
아껴 주는 마음이 전해져 오면
힘들어도 참고 견딜만해

지치고 지친 마음이라도
너의 따뜻한 말 한마디면
힘들어도 참고 견딜만해

아무리 힘들어도
너의 마음 한 점 떼어 준다면
너의 품 한쪽 편 내어 준다면
너의 따뜻한 눈길 한 번 내려 준다면
난 참고 견딜만해

그대여

그대여
아주 조금만 같이 있어 주세요
그대가 아닌 나를 위해서
내 가슴에 새겨진 아픔도
내 마음에 흐르는 눈물도
다독거려 주고 위로해 주며

그대여 아주 조금
아주 조금만 더 함께 있어 주세요
서로의 마음을 이해하고
서로의 아픔도 감싸 주며
우리 서로 편안한 마음이 될 때까지

그대여 조금만 더
아주 조금만 더 함께 있어 주세요
웃기도 같이 웃고
울기도 같이 울며
같은 곳을 바라보며
우리 생애 끝날 때까지

사랑합니다

언제나 포근하고 마음 밭이 넓은 그대를
아주 작은 것도 소중히 여기는 그대를
상대의 아픔을 보듬어 안을 줄 아는 그대를
사랑합니다

때론 질책과 꾸짖음으로 반성하게 해 주는 그대를
때론 온전한 마음으로 보듬어 안아 주는 그대를
때론 울고 싶은 마음에도 환한 미소 띠게 하는 그대를
사랑합니다

너무나 사랑스러운 그대……
너무나 포근하고 따뜻한 그대를
보잘것없고 하찮은 내가 사랑해도 될까요?

사랑합니다

너에게 가는 길

긴 여행을 끝내고
너에게 가던 길
축복의 눈가루가
펑펑 내렸지

덜컹덜컹
눈 위를 달리는 버스
차창 밖은 온통
하얀 세상

얼마나 가야
그리운 널 볼 수 있을까
얼마큼 가야
보고픈 널 만날 수 있을까

내 마음은 이미
너에게 가 있는데
거북이 같은 버스는
속 타는 내 마음을 몰라

더욱 애타는 내 마음

조금만 더
조금만 더
내 그리운 이가
기다리는 곳에
빨리 가줄 수 없겠니
버스야

저기 멀리
내 그리운 이가
하얀 미소를 날리며
두 팔을 벌린다

흐린 날

답답해
답답해
창문을 활짝 열고
파란 하늘 바라보면

둥둥 떠가는
하얀 구름 위에
그려지는
그대 모습

무엇으로
이 쓸쓸함을
안을 수 있을까

슬픈 하늘

잿빛 하늘
그 서러운 하늘에
그림자 짙게 드리운
슬픈 너의 얼굴

아픔처럼 슬픈 하늘에
울고 있는 내 얼굴

별도 빛을 잃고
달도 잠든 까만 밤에
하얀 목소리만 메아리 되어
빈 가슴을 울린다

그리움

창문 너머 보이는
파아란 하늘에
흐느끼듯 들려 오는
바람 소리
널 못 잊어 우는
나의 울음소리

창문 너머 보이는
흔들리는 꽃
네가 그리워
아픈 바람을 맞으며
세차게 흔들리는
나의 그리움

오래 전 그대

오래 전 그때

그대를 처음 만나
사랑을 알아 갈 때의
설레임도
가슴 두근거림도
반짝이는 파란 하늘도
그립습니다

한 잔의 차를 마시며
한 권의 책을 읽으며
좋아하는 음악을 들으며
지금은 무디어진 가슴으로
다시는 돌아갈 수 없는

오래 전 그때의
그대를 생각합니다

나를 지배하는 너

어느 날
볼품없는 사각 덩어리인 널 만났지

너는 나에게
지난날의 추억을 선물해 주었고
새로움의 기쁨을 알게 해 주었고
소중한 친구들을 찾게 해 주었고
아름다운 사람들을 소개해 주었지

너를 알아 가면서
잠자던 나의 재능도 알게 되었고
그 재능을 키우고 가꾸어 가며
행복을 느꼈지

넌 알아 가면 알아 갈수록
나의 모든 것이 되었고
서서히 날 지배하였지

내 손이 마비가 되고

내 눈이 침침해 지고
내 몸이 아파 오고
너에게 지배를 당해도
볼품없는 널 사랑할 수밖에

봄이 쏟아져 내린다

무겁다 무거워
무너져내릴 만큼
견디기 힘들게 무겁다

크게 뜨고 힘을 주어도
스르륵 스르륵
내려 감기는 눈꺼풀

나른한 봄처럼
나도 닮아서
봄이 쏟아져 내린다

흔들리는 믿음

티 없이 맑은 소리를 내며
가슴에서 피어올랐던
너를 향한 믿음

둔탁한 소리를 내며
점점 사이는 멀어져
텅 비어 버린 믿음

폐 속 깊은 시름을 벗어 버린
뼛속까지 쌓인 슬픈 이야기를
먼지 털듯 털어 버리면
흔들리는 믿음엔 상처만 남아

조금만 참았으면

조금만 참았으면
아주 조금만
그랬으면 좋았을 텐데

가끔은 그런 마음 들었겠지
가끔은 그런 행동 하고 싶었겠지
가끔은 아주 가끔은
그래도 참았으면 좋았을 텐데

나도 그랬을까
그 시절
학창시절에
나도 힘들게 했을까
나도 힘들게 했겠지

생각해 보면
나도 엄마 눈에 눈물 나게 했었구나
그때 엄마도 지금 나 같았을까
조금만 참을 걸

아주 조금만 참을 걸

너의 빈자리

지난해 봄
쭈글거리고 하이얀
널 만나 두근거리던
설렘

뜨거웠던 여름
동글동글 빨간 옷 입고
만지면 톡 터져 전해 주던
새콤함

지는 태양 아쉬워
까맣게 타들어 가던 너
한입에 넣으면 전해지는
달콤함

너를 못 잊어
그리워 찾은 그곳엔
너의 빈자리만
쓸쓸하게 있었다

언제나 웃으며 나를
반겨 줄 것만 같았는데
너를 잃은 상실감에
흐르는 눈물 한 자락

슬픈 비

몰려온다……먹구름
쏟아진다……소나기
번쩍번쩍 쾅쾅
무섭게 쏟아져 내리는 비는
누구의 슬픔일까

어두컴컴한 하늘
차갑게 불어오는 비바람
주룩주룩 쫙쫙
토해 내듯 아프게 내리는 비는
누구의 아픔일까

슬픈 마음
아픈 마음
멀리 보내고
맑은 햇살 가슴에 안을 수 있게
먹구름아 안녕
비바람아 잘가

이별

순백의 고결함으로
연분홍의 아름다움으로
연보라의 신비스러움으로
온 마음을 앗아간 그대

바람결에 전해지는 향기로움으로
꿀벌들 날아와 배 채우고
나비들 날아와 휴식을 취하고
잠자리의 친구가 되어 준 그대

우리들의 가슴에 사랑을 안겨 주고
우리들의 마음에 행복을 안겨 주고
우리들의 친구가 되어 준 그대

아주 조금만 더 우리 곁에 머물러
사랑의 향기를 날려 주면 좋을 텐데
행복의 노래를 불러 주면 좋을 텐데
왜 그리 빨리 떠나려 하는지

사랑하는 그대여

잠자다 말고 일어나
잠자는 그대의 얼굴을
아픔이 내리듯
내려다보았어요

송송 뚫린 땀구멍
깊어진 주름
삶의 굴곡이 느껴지는
검어진 그대의 얼굴이
내 가슴 아프게 하네요

사랑하는 그대여
살아가다 우리 아무리 힘들고
평탄치 않은 길을 걷게 되더라도
나, 그대가 이끌어 주는 길을
함께 걸어가겠습니다

너의 사랑 한 방울

너의 사랑 한 방울
내 가슴에 떨어져
나의 사랑은
싹이 트고 자라지

너의 사랑 한 방울
나에게 떨어져
나의 사랑은
꽃이 피고 열매를 맺지

너의 사랑 방울방울
먹고 사는 난
늘 행복해

그대 앞에만 서면

사랑하는 그대 앞에만 서면
심장이 떨려 말 못하는
벙어리가 됩니다

사랑하는 내 마음을
어떻게 말해야 하는지
어떻게 표현해야 하는지 몰라
발만 동동 구릅니다

이럴 때는 정말
사랑한다고 대신 고백해 주는
이야기 상자가 있다면
좋겠습니다

언제나 그대 앞에만 서면
가슴이 떨려 말 못하는
벙어리가 됩니다

콩닥콩닥 콩콩콩

너를 처음 본 순간
나의 심장은 마음대로 떨리는
콩닥병이 생겼어
콩닥콩닥 콩콩콩

너의 손을 잡을 때에도
너의 품에 안길 때에도
너의 입술에 다가갈 때에도
콩닥콩닥 콩콩콩

어떡하면 좋아
내 심장이 고장났나봐
너의 눈빛만 보아도
너의 미소만 보아도
너의 목소리만 들어도
콩닥콩닥 콩콩콩

그래도 좋아
끝없이 펼쳐진 인생길

너와 함께라면
네 손을 잡고 걸을 수만 있다면
내 심장이 고장이 나도
콩닥콩닥 콩콩콩……

나의 사랑아

툭하고 건드리면
펑하고 터질 것 같이
피어 오른 나의 사랑아

네가 나에게 오던 날부터
아무것도 할 수 없고
아무것도 볼 수 없는 난
바보가 되어 버렸나봐

너만 생각하면 아프고
너만 생각하면 배고파
너만이 날 치료해 주는 약이고
너만이 날 배부르게 하는 밥이야

이렇게 소중한 넌
내 인생의 전부야

그래도 사랑해

때로는 날 웃게 만들고
때로는 날 울게 하고
때로는 날 힘들게 하는
가끔은 얄밉고 원수 같아도
널 사랑해

넌 늘 그러지 자유롭고 싶다고
자유를 꿈꾸는 당신이 밉기도 하지만
방랑의 끝엔 내가 있었음하고
꿈꾸는 날 보면 널 사랑하나봐

바보처럼 자유를 외치며
내가 떠났던 그곳엔
네가 기다려 주길 바라는 난
아직도 자유를 꿈꾸는 당신을
사.랑.하.나.봐.

사랑은······

사랑은 욕심쟁이
받아도 받아도 부족하다고
더 달라고 조른다

사랑은 까먹기 대장
받으면 다 잊어버리고
안 준다고 투정부린다

사랑은 변덕쟁이
기분 좋아하다가
갑자기 슬프다고 변덕부린다

욕심을 버리고
생각을 버리고
더 이상 바라지 않고
이제는 주어도주어도
끝없이 넘치는
나의 사랑을 주고 싶다

그곳에 가면

벽과 벽 사이로 보이는 저 멀리 이층집
작은 창가에 서 있는 사랑하는 그대를
바라보는 것만으로도 떨리던
그날의 가슴 떨림을 만날 수 있을까

작은 도로 하나 건너 작은 골목 지나면
그저 바라볼 수밖에 없었던 집 앞을
지날 때마다 두근거려 터질 것 같았던
그날의 가슴 떨림을 만날 수 있을까

그곳에 가면
그리움으로 몸살을 앓는
내 마음의 병이 치유될 수 있을까

그대 그리운 날엔

지나온 날의 쓸쓸함이
연분홍의 코스모스가 되어
메마른 마음에 씨앗을 뿌리는 날

되돌아갈 수 없는 발걸음에
연초록의 줄기로 다리를 놓아 주어
우울한 마음에 희망을 날리는 날

한 걸음 한 걸음 떼어 놓을 때 마다
연분홍의 꽃잎이 피어올라
다가갈 수 없는 그리움에
눈물이 나는 날

그대 그리운 날엔
그대 그리운 날에는

내 가슴은

파릇파릇 싹을 틔우는 봄날처럼
널 만날 때마다 설렘으로
내 가슴은 두근두근

이글거리는 태양의 정열처럼
우리의 사랑도 불타는 듯
내 가슴은 타닥타닥

아름다운 사랑의 결실로
도란도란 사랑이 피어올라
내 가슴은 방긋방긋

사랑하는 마음에도 한파가 불어
갈기갈기 찢기고 흩어진
내 가슴은 시베리아 벌판

얼음처럼 차가워진 내 가슴에
따뜻한 훈풍이 불어와 사랑의
씨앗을 뿌릴 수 있었으면

부끄럽지 않은 사랑

그대의 사랑에
조금이라도 죄를 짓는 일 만들고 싶지 않아
정갈한 마음으로 다가가고자
마음을 비우려 했습니다

그대의 사랑 앞에
떨리는 마음으로 죄 씻음 하고자 섰지만
자꾸만 떠오르는 나쁜 생각들
자꾸만 부끄러워지는 나

투명하도록 맑은 그대 앞에
씻어도 씻기지 않을 죄 많은
내가 서 있어도 되는지요

희고 고운 사랑으로
나누어 주시고 보듬어 주시는 그대
나의 죄 씻어 주시어
그대 앞에 부끄럽지 않은
사랑이고 싶습니다

그대 그리운 날엔

상처

안녕이란 말보다
우리 인연이 여기까지인가보다라는 말로
이별을 통보하고 돌아선 그대

한파가 몰아치듯
폭풍우가 휩쓸고 간 듯
그대 지나간 자리에
매서우리만큼 상처가 깊게 팼다

상처는 덧나고 덧나서
치유할 수 없는 병이 되었고
상처가 곪고 곪아서
내 마음은 죽음이 된다

이 시간이 지나고 나면
또 후회할 일 만들고 싶지 않아
내 마음에 솟아오른 화산을
잠재우려 한다

진한 회색빛 마음

아침 흐림
점심 비
오후 장대비
안개 싸인 회색빛 도시

보이는 풍경처럼
보이지 않는 마음속 풍경도
진한 회색빛

쏟아지는 빗방울 수만큼
진한 회색빛 마음도
쏟아져 내렸으면
그랬으면……

뭐냐, 사랑

까르륵 까르륵
행복한 웃음을 터트리고
가슴은 뜀박질을 한다

또르륵 또르륵
하염없이 떨어지는 눈물에
가슴은 시리도록 아파

뭐냐, 사랑
도대체 네가 뭐길래
웃다가 우는 바보를 만드니

사랑아, 제발
나 좀 내버려 둬

눈물 한 방울

바보같이
슬프다고 울고
아프다고 울고
힘들다고 울고
울고 울고 또 울고

거울을 보니
울긋불긋
씰룩쌜룩
퉁퉁 부어
못난 얼굴 하나 있더라

흐르는 눈물은 꾹 참고 참아도
마음속에 흐르는 눈물은
참을 수도 없고
닦을 수도 없어
아픈 눈물 한 방울

꽃비

바람이 살랑살랑
나무가 흔들흔들
한 잎 두 잎 떨어진다

바람이 불어와
꽃잎이 흩어지고
상상의 날개를 펼친다

점점 휘날리고
점점 날아가고
꽃비가 휘날릴수록

상상 속의 나는
로맨스의 여주인공이다

변덕쟁이

비 온다
내가 좋아하는 비가

좋아하는 비도
매일매일 오니깐
너무 지겨운데
더운 해는 더 싫겠지

아마도 변덕스런 성격은
더우면 비를 그리워할 거야

방긋 웃다가 갑자기
우울해하는 날 보면
변덕쟁이가 맞을 거야
변덕쟁이

변덕쟁이는 싫은데
자꾸 우울해지는 건
비가 오는 탓일 거야

봄의 실종

연초록의 향기가 피어오를까 싶으면
하얀 눈이 내려서 너를 짓밟아 버렸다

연분홍의 꽃잎을 틔우려 할 때에도
강한 비바람에 너는 떨어져 버렸다

긴 기다림으로 지칠 때쯤
태양의 열기가 시작된
봄의 실종

하늘빛 고운 미소

고개를 들어 하늘을 봐
환하게 웃고 있지

속상해 하지 말라고
슬퍼하지 말라고
눈물 흘리지 말라고
하늘이 웃고 있지

맑고 투명한 하늘처럼
하늘빛 고운 미소를
지어 보자

하나
두울
셋

씨~익

비

하늘이 슬퍼서 우는 건지
세상이 슬퍼서 우는 건지
쏟아져 내리는 비는
슬픈 마음을 더욱 슬프게 해

하늘도 아픈지 신음 소리를 내고
세상도 아픈지 땅이 움푹 패고
내리치듯 내리는 비는
아픈 마음을 더욱 아프게 해

가을이 오나 보다

시원한 바람을 타고
나비와 잠자리 춤을 추며
코스모스 향기를 날리며
가을이 오나 보다

눈을 감고 코로 숨을 내쉬며
가을의 향기를 들이마시고
온몸으로 가을을 느끼며
산책하는 기분은 참말 좋아라

무덥던 여름
힘들었던 마음의 짐은 벗어 버리고
시원한 가을엔
늘 환하게 웃을 수 있다면

나 지금 가을을 타는 걸까?

왜 자꾸 우울해지고
왜 자꾸 쓸쓸해지고
왜 자꾸 화가 나는 것일까

빨간 단풍이 물든 것도 모르고
노란 은행잎이 그림 그리는 것도 모르고
파란 하늘에 흰 구름 떠가는 것도 모르고
떨어지는 낙엽 밟아 보지도 못 했는데

여유롭지 못한 시간 탓만 하면서
소리 없이 가을이 가는 것도 모르고
어느새 겨울이 곁에 다가왔는데
내 마음은 아직도 가을일까?

코스모스

아직은 찬바람 불어 쌀쌀한 날
까만 씨앗에 손가락이 찔리는
아픔도 잊고
흙을 파고 너를 뿌렸지

따뜻한 바람 불어 오면서
연초록의 여린 새싹으로
세상 문을 열고 나온 너
너에게 보석 같은 이슬을 뿌려 주고
네 삶에 방해가 되는
잡초들을 뽑아 주었지

살랑살랑 바람 불어 오던 날
한들한들 춤을 추며
나비와 잠자리의
친구가 되어 다가온
여리고 아름다운 코스모스야
나 좀 꼬옥 안아 주렴

왜 나만

눈이 부시도록 밝은 해가 뜨고
어둠을 밝히는 밝은 달이
어두운 세상을 환하게 비추는데
왜 나만 어두움 속을 걷는 걸까요

양지바른 담벼락에 졸고 있는 고양이도
하늘 향해 두 팔 벌리고 서 있는 해바라기도
행복에 겨운 표정인데
왜 나만 슬퍼 보일까요

살아가면 살아갈수록
힘들어 지치고 아픈 세상
알아가면 알아갈수록
알 수 없는 사람들 마음

서로 조금 양보하고
서로 조금 이해하고
서로 조금 용서하면
서로 실망하지 않고 아프지 않을 텐데

그러지 못해 더욱 견디기 힘들어
아픕니다

오늘은 왠지

오늘은 왠지
무척 우울합니다.

사랑하는 사람들과
함께 있어도
홀로 있는 나

수없이 많은 말을 하고
수없이 웃고 웃어도
오늘은 왠지
우울합니다.

눈물이 나

나 왜 이러지
이유도 없이 눈물이 나

떨어지는 나뭇잎을 보아도
말라 버린 꽃잎을 보아도
떨고 있는 강아지를 보아도
공원에 홀로 앉아 커피를 마시는
여인을 보아도
눈물이 나

말을 하고 싶은데
메아리만 다가들고
통화하고 싶은데
신호음만 들려오고

안절부절 갈팡질팡하는
나를 보아도
이렇게 눈물이 나

그냥
눈물이 나

나 지금 우울해

누군가가 날
부른 듯한 느낌이 들어
길을 걷다 멈추어 서서
두리번두리번거리지만
텅 빈 쓸쓸함에
우울해

누군가가 날
보고 있는 듯한 느낌이 들어
길을 걷다 멈추어 서서
두리번두리번거리지만
아는 얼굴 하나 없는
쓸쓸함에
더 우울해

그렇게
아무도 없는
벤치에 혼자 앉아
하늘에 떠가는 구름을 보며

부르면 와줄 것 같은
그리운 얼굴 하나 그려
투정부려 본다

나
지금
우울해

슬픔을 자르며

아픔처럼 무겁고
슬픔처럼 아픈 널 잘라 내며
한 올 한 올 떨어지는 슬픔을
깨끗하게 쓸어 버리고 싶다

나의 못난 모습처럼
삐죽거리고 푸석거리고 뒤집힌 널
슬픔을 잘라 내듯
내 마음도 정화시키고 싶다

잘려 나간 머리카락만큼
내 마음속 우울도 사라지고
새로 자라날 머리카락만큼
내 마음속 기쁨도 자라나면 좋겠다

망상의 늪

맑고 푸른 하늘을 보아도
그저 스치는 바람결에도
영혼까지도 맑게 해 주는 새소리를 들어도
자꾸만 쓸쓸해지고 눈물이 나려 하고

맛있는 밥을 배불리 먹어도 허하고
즐거운 일을 만끽하고도 부족하고
친구와 맘껏 수다를 떨어도 우울하고
자꾸만 웃고 있어도 눈물이 나려 한다

아무도 날 힘들게 하지 않는데 힘들고
아무도 날 아프게 하지 않는데 아프고
아무도 날 미워하지 않는데, 나는
헛된 망상의 늪에 빠져 허우적거리고 있다

잃어버린 꿈

마음이 아파 잠 못 드는 밤
텅 빈 하늘은 고요하고
아득히 먼 빛 놓칠세라
미소하나 걸어 두고
너에게 가는 길

까만 밤하늘에 별 하나
마음에 새겨 두지 않고
기억에서 지워진 잃어버린 꿈을
사라지는 별로 수놓아
미소하나 건져 올려 두고
까만 밤 하얗게 지새운다

어쩌면 나 또한

자기 이익만 바라고 눈먼 사람들
자기만 생각하고 남은 배려하지 않는 사람들
이익이 있다 싶으면 생글거리고
이익이 없다 싶으면 등 돌리는 사람들

하나만 알고 둘은 모르는 사람들
앞만 보고 뒤는 볼 줄 모르는 사람들
없으면서 있는 척
모르면서 아는 척하는 사람들

실수하고도 인정하지 않고
용서를 구하지 않는 사람들
반성할 줄 모르고
계속 잘못을 저지르는 사람들

포장하고 감추어도
속이 뻔히 들여다보이는 사람들
앞에서 친한 척 칭찬하면서
뒤에서 남 흉보는 사람들

어쩌면 나 또한
그런 사람 중의 하나로
이 세상을 살아가고 있는 건 아닌지

나의 얼굴

멍하니 앉아 반쯤 풀린 눈으로
또 다른 모습의 나를 본다

나도 모르게 내려앉은 눈꺼풀
초점 잃어 흐릿해진 눈동자
치켜뜨려 해도 축 쳐져
붉은 실핏줄만 가득

나도 모르게 바람결 무늬로
가득 채워져 버린 축 쳐진 피부
탱탱하게 보이려 볼 풍선을 불어 보아도
그저 송송 뚫린 구멍만 커질 뿐

나도 모르게 지그재그가 된 입술선
아무리 예쁘게 그려 놓아도
다시 지그재그 무늬가 되어
퍼져 버리는 입술

거울 속에 보이는 그 모습이

앞으로도 적응하고 사랑하며
살아야 할 나의 얼굴이겠지

살아간다는 것이

먹고 자고 숨을 쉬며
살아간다는 것이
힘들다……

매일매일 똑같은 일을 되풀이하며
살아간다는 것이
힘들다……

힘들다 힘들다 되뇌며
짜증 부리고 살아가는 내 모습이
한심하다……

쓰다

커피가 쓰다
맥주가 쓰다
소맥도 쓰다
마시는 것 다 쓰다

눈물이 쓰다
바람도 쓰다
마음도 쓰다
느끼는 것 다 쓰다

미소도 쓰다
웃음도 쓰다
햇살도 쓰다
보이는 것 다 쓰다

차가운 미소

기대고 싶고
의지하고 싶어
손을 내밀어도
스치는 건 바람 소리뿐

수없이 많은 말을
쏟아 내고 토해 내도
내 안에서만 맴맴 돌 뿐
들리는 건 한숨 소리뿐

안으로만 타들어 가는 나의 언어들
안으로만 휘감기는 나의 웃음소리
점점 조여 오며 숨통이 막힐 것 같은
끝을 알 수 없는 두려움

차가워 얼어 버릴 듯한 너의 미소는
한파에 칼로 베일 듯한 아픔이 되고
싸늘한 너의 말은 날카로운 비수 되어
가슴에 콕콕 박혀 깊은 상처가 된다

지푸라기 희망

그대가 내민 손을
뿌리치고 돌아선 내가
어둠 속을 헤매고 늪 속으로 빠져도
그저 바라만 보는 건가요

한 발자국 도망가면 두 발자국 아픔
두 발자국 도망가면 세 발자국 고통
한 걸음 내디딜 때마다
더 이상 걸음을 뗄 수가 없어요

그대를 멀리하면
마음이 편안할 줄 알았는데
그대를 멀리하면 할수록
나의 마음은 지옥입니다

그대여 염치없지만
제발 다시 일어설 수 있게
지푸라기 같은 희망이라도
내밀어 주세요

멍에

마음도 무겁고
머리도 무겁고
온몸이 무겁다

틀 안에 얽매이지 말고
내 안의 구속에서 벗어나면 될 텐데
쌓인 게 뭐가 그리 많다고
속으로만 끙끙 앓고 있는지

마음이 무겁고
온몸이 힘들고
지치고 피곤하다

후회

늘 그랬다……
말하고 나서 후회하고…….
행동으로 옮기고 나서 후회하고…….

왜…….
말하기 전에 후회할 일 생각하지 못하고
행동으로 옮기기 전에 후회할 일을 생각하지 못 하는지…….

늘 그랬다…….
상처를 받았다고 해서 미워하고.
아픔을 주었다고 해서 아프게 하고.

왜 그러는 것일까…….
상처를 받아도 상처를 주지 말아야 했고…….
아픔을 받아도 아픔을 주지 말았어야 했는데
왜 자꾸 반복되는 잘못을 하고
후회를 하고 있는 것일까.
나는…….

내가 미운 날

가끔 있지
엄마인데 엄마 같지 않은 나
아내인데 아내 같지 않은 나
자식인데 자식 노릇하지 못하는 나
그런 내가 미워

잘하고 싶은데
마음은 아주 잘하고 싶은데
행동은 그러질 못해 정말 속상하다

아이들에게도 미안하고
짝꿍에게도 미안하고
엄마와 시부모님께도 미안하고
그래서 내가 더 미운 날

오늘은 유난히 내가 싫고 미운 날
그래서 종일 울어도 가슴이 아픈 날

길고도 길었던

가도 가도 끝이 보이지 않는
가도 가도 빛이 비치지 않는
끝을 알 수 없는 긴 어둠속

조금만 더 가면 길이 보일까
조금만 더 가면 희망이 잡힐까
끝을 알 수 없는 긴 터널 속

제발 내게 길을 보여줘
제발 내게 희망을 안겨줘
길고도 길었던 어둠아
이젠 제발……

103

희망

흩어진다
손에 움켜쥐었던 모래알이
손가락 사이로 흘러내리듯

무너진다
쌓아도 쌓아도 무너져 내리는 모래성처럼
나의 희망도 사라져 간다

빛
바
랜
사
진
한
장

작은 것의 소중함

내 것이 아닌 것을 보지 않게
내 것이 아닌 것을 탐내지 않게
내 것이 아닌 것에 부러워하지 않게 하소서

남의 것을 나의 것과 비교하지 않게
잡히지 않을 환상에 빠지지 않게 하여 주시고
지금의 내 환경에 만족하며
살 수 있도록 하여 주시옵소서

아주 작은 것에도 만족해하며 살 수 있게
발길에 차이는 작은 풀꽃도 사랑하게 하여 주시고
밟히는 작은 곤충들의 생명도
소중하게 여길 수 있도록 하여 주소서

결코 내 것이 될 수 없는
큰 것의 허황한 꿈을 바라지 말고
작은 것의 소중함을 감사하며
살 수 있도록 하여 주시옵소서

누구입니까

길을 잃고 헤맬 때에
내 손을 잡아 준 따뜻한 손은
누구입니까

비바람에 떨고 있을 때에
포근하게 안아 준 따뜻한 가슴은
누구입니까

빗장을 풀고 꼭꼭 닫힌 마음에
훈훈한 온기를 불어 준 이는
누구입니까

아픔 가운데에도 미소 지을 수 있도록
환난 중에도 행복을 느낄 수 있도록
고난 중에도 희망을 품을 수 있도록
날 지켜 주시는 이는 당신이었군요

언제나 내 곁에서
힘이 되고 반석이 되어 주시는 당신
사랑합니다

오늘 하루

좀 더 자자
좀 더 쉬자
게으름 피우지 않게 하시어
집 안 가득 쌓인 먼지를 털어 내고
마음 가득 쌓인 먼지도 털어 내게 하소서

오늘 하루
나보다 더 아프고 힘든 이를 바라보게 하시어
그들의 아픔과 고통을 함께 나눌 수 있게 하소서

오늘 하루
얼룩도 지지 않는 하얀 손수건이 되게 하시어
울고 있는 이들의 눈물을 닦아 주게 하소서

낮아지는 지혜를 주시어
진정한 웃음이 무엇인지
진정한 행복이 무엇인지
알게 하시고 깨닫게 하여 주소서

버리고 싶은 것으로

노력이라는 도마 위에
욕심을 가늘게 채썰고
교만으로 양념을 한 후
겸손이라는 음식을 만들자

상처라는 그릇 속에
미움을 깍뚝깍뚝 썰어서
분노로 고춧가루 만들어 뿌리고
시기와 원망으로 버무려서
용서라는 김치를 만들어 보자

포기라는 국자로
담그면 흩어져 버릴 것 같은
희망을 떠서 기쁨으로 먹고
행복으로 소화시켜 보자

여자

눈 깜박하는 사이
숨 한 번 들이킨 사이
세상은 변한 게 없는데
여자는 변해 버렸나봐

영원할 것만 같았던 뽀얀 얼굴도
찰나의 순간처럼 사라져 버리고
웃을수록 찡그린 여자만 남았다

어느 새 변해 버린 것인지
망각도 하지 못했는데
시간은 여자를 비웃듯
저 혼자 잘도 간다

봄이 오는 소리

사박사박 소곤소곤
또로록 툭툭
예쁜 꽃 요정들이
속삭이는 소리

빨리 일어나
맑고 따뜻한 햇빛에
일광욕하고 싶다고
맑고 투명한 이슬로
샤워하고 싶다고
꽃 요정들의
봄을 알리는 소리

코 간지러워
잎이 나고
귀 간지러워
꽃이 피네

꽃빛

마음까지 따뜻한
실바람 불어오면
환한 웃음꽃 피어나듯
꽃빛이 살아나고

은은한 향기에 취해
요정 같은 나비
춤추며 날아들어
넓은 꽃밭 가득 피운 꽃에
뽀뽀를 하는 날

도란도란 소곤소곤
두근두근 콩닥콩닥
사랑해 사랑해 사랑해

속삭이는 나비들의 메아리처럼
꽃빛에 젖어 그대 가슴에
안기고 싶은 날
그런 날

그런 날

날 유혹하지 마 제발

살랑거리며 날 유혹하는 바람
가볍게 느껴지는 너의 손길에
나를 맡기고 싶어지도록

반짝거리며 날 유혹하는 햇빛
따뜻한 너의 온기를 따라
나가고 싶어지도록

향기롭고 예쁜 꽃
방긋거리며 웃지 마
널 만나고 싶어 안달 나거든

봄향기에 취해
꽃향기에 취해
나비 춤추고 아지랑이 아른거리는
산으로 들로 카메라 하나 달랑 메고
나들이 가고 싶은 내 마음

아~~

날 유혹하지 마
제발~~~

겨울아

겨울아
난 네가 싫어
넌 너무 춥고
오들오들 떨게 하고
마음까지 추워지게 하니까

겨울아
난 네가 싫어
넌 너무 외롭게 해
그래서 자꾸만
쓸쓸하고 울고 싶어지니까

겨울아
넌 왜 차가운 거니
넌 왜 찬바람만 불어 주니
차가운 너 때문에
떨며 울고 있는
외로운 이를 위해
따뜻한 햇살을 비춰 주렴

겨울아
그래도 가끔은
하얀 은가루를
선물로 주니까
널 사랑할까부다

처음처럼

처음처럼이란 말
늘 지금처럼이란 말
말은 참 쉽지

알아 가면 알아 갈수록
더 커지는 욕심
소유하면 할수록
더 가지고 싶은 욕망

왜 그럴까 우리는
왜 만족하지 못하고
자꾸만 더 더 하는 것일까

내 마음에 자라는
욕심의 키를 줄이고
처음처럼 예쁜 마음
예쁜 행복 가꾸어 가야지

아침 창가에

눈뜨면
창가에 찾아 든
아침 햇살과 신선한 공기가
방긋 미소 짓는다

기지개를 켜고
창가에 서서
바람결에 흔들리며
떨어지는 이슬방울을 보며
나도 방긋 웃는다

한 방울의 이슬을 머금고
햇살에 반짝이는 꽃잎을 보니
은은하게 울려 퍼지는 음악처럼
향기로운 커피 한 잔
마시고 싶어지는 아침

이렇게 신선한 아침에
나랑 커피 한 잔 하실래요

그랬으면 좋겠다

닫힌 창문을 활짝 열듯이
꼭꼭 닫힌 내 마음의 빗장도
활짝 풀 수 있다면

언제나 관대한 그대의 사랑을
감사히 받아들일 수 있게
내 사랑도 꾸밈없이 진실했으면

내 생각과 조금 다른 그대의 생각도
겸허히 받아들일 줄 아는
지혜를 지녔으면

흘러가는 시냇물처럼
지나가는 시간을 잡을 수 없듯이
적절한 시기에 화해의 손을 내미는
용기를 지녔으면 좋겠다

난
그랬으면 좋겠다

두 손 모아 기도합니다

두 손 모아 기도합니다
당신을 만나게 해 달라고
당신과 말할 수 있게 해 달라고
당신 품에 안길 수 있게 해 달라고

당신을 만난다면
내 가슴 속 응어리를 고백하고
내 아픔 털어 내고
당신 품에 안기어 소리 내어
엉엉 울고 싶습니다

두 손 모아 기도합니다
제발 날 만나러 와 달라고
제발 날 버리지 말아 달라고
나의 소망만 바라는 욕심쟁이라고
너무 이기적이라고 나무라지 마시고

제발 한 번만 당신의 사랑으로
나를 안아 주세요

나에게

툭하면 울고
그렇게 마음이 여려서
이 험한 세상 어떻게
살아가려고 그러니

실없이 웃고
웃음이 많은 건 좋은데
적당히 웃는 법을 배워 봐

툭하면 화내고
조금만 참으면 얼마나 좋아
그 순간을 참지 못해
네 얼굴이 울긋불긋 미워지잖아

날개 같은 말은
날아갈 수도 있잖아
꼭 필요한 말만 하고
살아갈 수는 없을까

가끔은

가끔은
좋으면서 싫은 척
반가우면서 반갑지 않은 척
속마음을 속이고
거짓 모습을 보인다

가끔은
싫은데 좋은 척
미운데 밉지 않은 척
웃기 싫은데 웃는 척
가끔은 싫은 마음 속이고
좋은 척 해도 될까

때로는
싫을 때도
좋은 척 해야 할 때가 있고
좋으면서도
적당히 좋은 척 해야
할 때가 있더라

가끔은
나
이래도 되는 거지

생각하기 나름

슬프다
슬프다 하니 자꾸만 슬퍼진다

한 송이 들꽃도
슬퍼서 눈물 흘리고
바람도
슬픈 울음소리를 내며 불고

슬프다
슬프다 하니 자꾸만 슬퍼진다

바보야 잘 봐
한 송이 들꽃이
향기로운 꽃가루를 뿌려 주고
바람이 불어서
행복 향기를 전해 주잖아

보이는 것
들리는 것

모두가 행복해
그러니 이젠 활짝 웃는 거야

정말 모르겠어

어떻게 살아야 충분히 만족하며
베풀 수 있는 삶을 살 수 있는지
어떻게 살아야 밝고 긍정적인 모습으로
다른 이에게도 웃음을 안겨 주며
살 수 있는 것인지

어떻게 해야 상대방의 기분을 나쁘지 않게
마음을 전하며 말할 수 있는지
어떻게 해야 나의 행동이 경박스럽지 않게
분위기를 띄울 수 있는지
정말 모르겠어

아직도 살아가는 방법이 서툴지만
그것도 나의 매력이라고 우기며
자긍심을 가져 볼까!

울고 싶은 마음

울고 싶은 마음에
올려다본 파아란 하늘

맑고 투명한 하늘이 슬퍼서
또르륵 또르륵 흐르는 눈물

파아란 하늘에
외로이 떠 있는 하얀 구름이
내 외로움의 친구

나
외롭고 쓸쓸해도 울지 않고
하늘빛 고운 미소 띄우며
아름다운 모습으로
살아가고파

post

빨간 우체통

길가다 너를 만나면
언제나 가슴이 설렌다

길가에 홀로 서서
어떤 이에겐 행복을
어떤 이에겐 사랑을
어떤 이에겐 쓸쓸함을
전해 주던 너

바람에 사랑을 싣고
오고가던 너의 소식이
어느 날 뚝 끊겨서
마음이 너무나 아파

쓸쓸한 길가에
홀로 서서 졸지 말고
우리들의 메마른 가슴에
너의 향기를 전해 주렴

커피와 함께

바람이 불었어
온몸을 휘감고 불어온 바람은
매몰차도록 시렸지
거친 바람에 떨고 있을 때
따스한 온기와 그윽한 향기가
지친 몸을 녹여 주었지

비가 내렸어
주르륵 쫙쫙 내리는 비에
마음까지 추웠지
차가운 비바람에 떨고 있을 때
너의 따뜻한 입김과 은은한 향기로
추위를 녹여 주었지

하얀 눈이 내렸어
보슬보슬 내리는 하얀 눈은
바라만 봐도 예뻤지

창가에서 내리는 눈을 보며
너의 향기에 취했단다

추울 때나
외로울 때나
쓸쓸할 때
늘 나와 함께해 주어
고마운 커피야
네가 좋아

세탁기

우리 물같이 일상처럼
헤어짐이
너의 돌아가며 충실하던 일상처럼
돌아가는 세상 밖으로
보내야 할 시간

안으로만
기다리고, 돌고, 짜 내던
부지런한 침묵을 배웠기에
미처 감사하기도 전에
돌아가는 세상 밖으로
보내야 할 시간

너 있던 자리엔
다른 너로 채워지겠지
잘 가
안녕

소중한 친구

동그란 두 개의 발로
내 앞에 서던 날
너의 상큼함과
산만한 두려움

너와 내가 한몸이 되어
수없이 쓰러지던 날도
우린 서로 사랑하고
아름다운 것은
하나 되는 것이야

무심한 사람들 지나는
도로 위에
향기로운 바람 날리며
하나 되는 것이야

소중한 친구
나의 자전거야

거울을 보다가

어느 날 세수를 하고
거울을 보다가 깜짝 놀랐다
거울 속엔 내가 아닌
나이 먹은 아줌마가 있어서

화장을 하고
거울을 보다가 깜짝 놀랐다
화장을 해도
미운 아줌마로 있어서

놀람은
슬픔으로
그리고 가슴 아픔으로 남아
나도 모르는 사이
변해 버린 내 모습에
눈물이 흐른다

시간이란 놈

쏜살같이 스쳐 지나가는 날들
돌아보면 어느새 저만치 흐른 시간 뒤에
서 있는 내가 보인다

바람처럼 지나가는 날들
돌아보면 어느새 나이테만 불어난
내가 보인다

잡고 싶은데
꽉 붙잡고 놓아 주고 싶지 않은데
세차게 밀쳐내고 뿌리치며
도망가는 네가 보인다

가끔은 여유라도 남겨 주고
가끔은 편안함도 남겨 주고
가끔은 위안이라도 남겨 주지

시간이란 놈은 정말
매정하기 그지없다

나이 차오름

간질간질 간지러워
살살 톡톡 꾸욱꾹꾹 누르면
반갑지 않게 내려앉은
하얀 꽃가루

근질근질 근지러워
긁다가 꾹꾹 찌르다 보니
반갑지 않게 삐져 나온
하얀 줄기들

기다리지도 반기지 않아도
줄기차게 따라와
눈에 띄게 나타나는
나이 차오름

나의 기도

아픕니다
숨 막힐 듯한 침묵이
견디기 힘들게 아픕니다

왜 나만 아픈 것입니까
왜 나만 힘든 것입니까

기쁠 때는 주님을 잊고 지내다가
아플 때만 주님을 부르짖고 찾는
나를 용서해 주십시오

주님이 주신
아픔도 힘듦도 고통도
겸허히 받아들일 수 있는
지혜를 주시옵소서

불쌍한 내 영혼이
잠잠히 하나님만 바랄 수 있는
믿음을 주시옵소서

나보다 더 병들고 지친 영혼들을
아껴 주고 감싸 안을 수 있는
사랑을 주시옵소서

기쁠 때에도
아플 때에도
언제나 주님과 함께이고 싶습니다

아멘

당신은……

당신은
사랑만 주시는 줄 알았습니다
언제나 행복만 주실 줄 알았습니다

늘 먼저 준비하시고
평탄한 길을 열어 주시며
고운 손길로 이끌어 주시고
넘어질까
다칠까
안타까운 눈길로
나를 지켜 주실 줄 알았습니다

그러나 당신은 행복이 아닌
불행도 주실 수 있음을 알았습니다

지금
고통에 떨며 가시밭길을 걷게 하심도
당신의 뜻이겠지요

사랑이 많으신 주님

사는 게 힘들어 흘리는 내 눈물 닦아 주시고
잃어버린 미소 되찾아
하늘빛 고운 미소 지을 수 있게 해 주세요

지금의 이 고통이
당신의 뜻이라는 것은 알지만
부디 불쌍한 나를 버리지 마시고
당신의 따뜻한 두 팔로 안아 주세요
제발……

수다쟁이

말이 많아져서 큰일이다

필요치 않는 말
해서는 안 될 말
순간순간 내뱉는 말

말하고 나서 후회할 걸
말하는 순간에는
모르는 것일까

날마다 날마다
늘어가는 수다에
자꾸만 자꾸만
떨어지는 나의 인격

필요 없는 말은 줄이고
아름다운 말만 하는
향기로운 수다쟁이가
되고 싶다

언제나 좋은 사람

아름다운 사람

삶에 지치고 힘들어도
잔잔한 미소를 띄울 줄 아는 그대는
아름다운 사람입니다

짜증나고 화가 나더라도
꾹 참고 웃을 줄 아는 그대
떨며 지쳐 울고 있는 사람에게
따뜻한 손을 내밀 줄 아는 그대

남을 비방하는 소리를 듣더라도
맞장구치지 않고 그의 입장에 서서
생각하라며 타이를 줄 아는 그대는
아름다운 사람입니다

길가에 뒹구는 쓰레기를 주워
휴지통에 버릴 줄 아는 그대
흔들리는 버스 안에서
아기를 안은 여인에게
자리를 양보하는 그대

무거운 짐을 들고
힘겹게 계단을 오르는 노인의
짐을 들어 주며 함께 걸을 줄 아는 그대는
진정 아름다운 사람입니다

자꾸만 메말라 가는
지구라는 동그라미 속에
어우러져 살아가는 우리들 모두
서로에게 한 방울의 기쁨이 되는
아름다운 사람이면 좋겠습니다

하얀 편지

알 수 없는 그리움이
가슴 깊이 파고드는 날
하얀 종이 위에
점 하나 찍는다

보고픈 마음이
하늘만큼 높이 피어오를 때
하얀 종이 위에
너의 이름을 적어 본다

친구야
그리움을 담아
편지를 쓴다는 것이
이제는
이렇게 힘든 일이 되어 버렸는지
점점 메말라 가는
마음이 슬프다

친구에게

일곱 개의 작은 별이 모여
하나 되었지

하나의 작은 별로는
외롭고 쓸쓸해서
일곱 개의 작은 별이 모여
부모가 되고
형제가 되고
아이가 되고
친구가 되고
일곱이 하나가 된 별처럼

우리도 그렇게
슬픔도 기쁨도 함께하며
서로 쓸쓸해하지 않을
마음이 하나인
친구가 되자

내 그리운 친구에게

가끔씩
내 목소리
내 얼굴
내 웃음을 생각하면
기분이 좋아져
혼자서 웃곤 한다는 내 친구
난 네가 보고 싶다

바람 부는 날이면
차가운 바람에
온몸을 맡기고
바람이 부는 대로
움직이던 내 친구

웃음보다는 눈물이 많았던
기쁨보다는 슬픔이 많았던
그렇게 늘 우울해하고 울던 내 친구

오늘처럼

바람 부는 날이면
네가 너무나 보고 싶어

좋은 사람

왠지 느낌이 통할 것 같은
왠지 생각이 같을 것 같은
좋은 사람

왠지 의지하고 싶고
왠지 안아 주고 싶은
좋은 사람

아프다고 힘들다고 투정을 부려도
제 아픔처럼 안아 주고 감싸 줄 것 같은
좋은 사람

만나지는 않았어도
만나면 편할 것 같은 그런 사람

내겐 그런 사람

159

보랏빛 향기
—아이리스에게

속닥속닥 소곤소곤
굴러가듯 나지막한
고운 음성으로
소곤거리는 너

하얀 눈이 내리면
어린 아이처럼
마냥 좋아하는 넌
순수의 향기를 지녔어

네가 가진 모든 것을
나눠 주고 싶어 하고
네가 알고 있는 것을
다그쳐서라도
가르쳐 주고 싶어 하는 넌
나눔의 향기를 지녔어

나눔의 향기를

우정의 향기를
사랑의 향기를

보랏빛 향기를 풍기는
네가 참말로 좋아

늘 그리운 친구야

만나지 않고도
전화 통화 하지 않고도
우린 즐거운 수다를 떨었지

하루하루 지나갈수록
너와 함께 나누는 수다가 그리워
눈 뜨면 널 향해 달려갔지

같이 웃고
같이 울며
기쁨도 슬픔도 아픔도 함께 했지

늘 함께였던 너
너의 흔적 없는 부재가
못 견디게 아파

늘 그리운 친구야
보고 싶다

나의 부탁이라면

몰라. 싫어. 안 해.
도리질하고 투덜투덜거리면서도
나의 부탁이라면 다 들어주는 너

내가 말 한마디하면 듣지 않은 척하면서도
돌이켜 보면 내가 하는 말 한마디
놓치지 않고 챙겨 주는 너

아파하거나 힘들어 할 때에도
지금은 힘들어도 시간이 흐르면
힘들었던 시간마저도 추억이 될 거라며
위로해 주고 다독거려 주던 너

그렇게 하기가 쉽지 않을 텐데
생각해 보면 참 오래도록 그랬지
그러던 어느 날
너의 눈가에 맺힌 눈물방울
감기라고 웃으며 넌 말했지만
마음 깊은 아픔을 다독거려 주지 못해

너무 미안했단다

나의 부탁이라면 다 들어주는 너에게
나도 너의 일이라면 뭐든 다 할 수 있는
여백을 주지 않겠니

너에게

너에게 난 눈물
너에게 난 아픔
너에게 난 슬픔
너에게 난 고통

나에게 넌 웃음
나에게 넌 미소
나에게 넌 기쁨
나에게 넌 선물

나도 너에게
텅 빈 아픔을 안겨 주는 친구가 아닌
환한 웃음을 가득 안겨 주는
보석 같은 친구였으면……

너

힘들어 울고 있을 때마다
흘리는 눈물을 닦아 주고
따뜻한 위로가 되어
든든한 버팀목이 되어 준 너

너의 아픔보다
너의 슬픔보다
나의 아픔을 더 아파하고
더 가슴 아파했던 너

차가워진 마음으로
일상에서 벗어나고 싶을 때에도
늘 아름다운 조언으로
아픔을 이겨낼 수 있도록
따뜻한 용기를 주는 너

지치고 힘들 때마다
너라는 친구가 곁에 있어서
참 좋다

친구야

토독토독 떨어지는
빗방울 소리를 들으니
캬갹캬갹 웃는
너의 웃음소리가 그리워

눈물도 많고
웃음도 많은 널 보면
감정의 기복이 심한
또 다른 날 보는 것 같아

친구야!
우리 언젠가 기회가 된다면
별이 쏟아지는 창가에서
헤즐넛 향이 그윽한 커피 마시며
밤이 새도록 이야기하자

늘 한결같은 너에게

서로가 알아갈 때는
자기를 포장하고 꾸미는데
단 한 번의 포장도 없이
처음부터 지금까지 한결같았지

마음이 좁은 나보다
마음도 넓고 포근한 너
작은 일에도 옹졸한 나보다
더 긍정적이고 포용할 줄 아는 너

늘 한결같은 너의 앞에선
한없이 부끄럽고 작아지는 나지만
소중한 마음 주고받으며
언제나 부르면 와줄 것 같은
너와 내가 되었으면 해

참 좋은 친구

어느 날
우연히 나의 곁에 다가와
늘 나의 힘이 되어 주는
좋은 친구가 있습니다.

때론 언니처럼……
때론 친구처럼……
때론 동생처럼……
친구가 되어 주는
좋은 친구가 있습니다.

내가 아무것도 몰라 힘들어할 때
지겨울 듯도 하련만
늘 세심하게 가르쳐 주고
감싸 안으며 고쳐 주는
그런 참 좋은 친구가 있습니다.

친구야 친구야!!

친구야!!
친구야!!
넌 아니?
차가운 바람이 불어 오면
쓸쓸한 그리움처럼
늘 네가 그리워지는 것을……

친구야!!
친구야!!
넌 아니?
예쁜 코스모스
바람에 흔들거리면
아름다운 향기처럼
늘 너의 향기가
그리워지는 것을……

친구야!!
친구야!!
넌 아니?

비 내리는 창가에 앉아
내리는 비를 바라보면
촉촉한 그리움으로
네가 그리워지는 것을……

오늘같이
파란 하늘이 깊은 날에도
하늘 담요를 덮고
솜사탕의 달콤함을
너랑 함께 하고픔을……

빛바랜 노오란 사진 한 장

빛바랜 노오란 사진 한 장
그 속엔 너와 나의
아련한 추억이
행복한 웃음이
따뜻한 우정이 있지

쪽지로 무수히 주고받은
영원히 변치 말자던
그때 그 약속 기억나니
늘 그리운 그 시절 그 추억
행복했던 그때가
너무 그립다
너도 그러니?

때론
너에게도 보고픔이
나인지 정말 궁금해

빛바랜 노오란 사진 속의

수줍은 너의 미소 보고 있노라니
지금 이 순간
너무나 보고 싶다
친구야

그리워 그리워 그리워라

가끔은 피곤하다
가끔은 고달프다
투정이라도 부리며
마음에 쉼표라도 새겨 볼 걸
정신없이 앞만 보고 달렸나 보다

가끔은 보고프다
가끔은 그리웁다
소식이라도 전하며
마음에 온기라도 불어 줄 걸
너무 앞만 보고 달렸나 보다

돌아보면 기억도 나지 않는 발자국
돌아봐도 기억에 없는 얼굴들

그리워 그리워 그리워라

편지

꽃은 나무에만 피지 않는다
그리움 있는 가슴에도
꽃은 피나니
향기 피나니

저마다 사랑 하나씩 묻고
사는 세상

흔들려도 빛나는 것은
촛불뿐인데
하나의 촛불로 살아가며
촛농처럼 흐르는 그리움

네가 그리운 날은
촛불을 켜고
흔들리는 소식이라도
전하고 싶다

공중전화

동전 한 개에 마음을 담아
동전 한 개에 그리움 담아
동전 한 개에 사랑을 담아
동그라미를 그리며
굴러떨어지는 청아한 소리
데굴데굴 또로록 툭

그리움으로
설레임으로
가슴 두근거림으로
작은 상자 안에서
반가운 목소리가 들려오길
기다리는 그 짧은 시간이
얼마나 행복했는지

그렇게
행복을 안겨 주던 네가
모든 이의 기억 속에서

잊혀져 가는 걸 보면
꼭 내 모습을 보는 것 같아
슬프다

사랑해

사랑해
처음 본 순간부터
내 마음속 주인이 되어 버린
널 사랑해

사랑해
바라보아도 보고 싶고
잠시만 떨어져도
안절부절 못 견디게
널 사랑해

사랑해
너라는 감옥 속에
갇혀 살아도 난 행복해
그 행복 깨어지지 않고
영원할 수 있도록
우리 지금처럼 그렇게
사랑하자

감사해

감사해
나 외로움에 지쳐 울고 싶을 때
함께 울어 주어 감사해

또 감사해
괴로웁고 힘든 날
힘겨운 삶에 지쳐
쓰러지고 싶은 날에도
가로등 되어 밝은 빛 밝혀 주니
감사해

늘 감사해
흠이 많고 철이 없는 날 이해해 주고
내 조그만 어깨 위에
커다란 산으로 안아 주니
정말 감사해

미안해

미안해
너의 사랑은 차고 넘치는데
나의 사랑은 게을러서
미안해

미안해
늘 언제나 내편인 너에게
난 가끔 반기를 들어서
미안해

미안해
오늘도 내일도
게으름쟁이 욕심쟁이
실수투성이인 나의
영원한 친구가 되어 줄 거지?

우리 또 산책 갈까

자꾸만 산책하자고 조르는 너
비가 오면 비가 온다고
눈이 오면 눈이 온다고
햇살이 고운 날엔
예쁜 꽃과 만나고 싶다고 조른다

너와 함께 산책하는 길은
나에겐 기쁨
즐거움
환희
신비로움이야

너를 통해 본 세상은
아름다운 그림이고
신비로운 세상
거짓말도 못해
진실만을 말해 주는 너

널 몰랐다면

얼마나 쓸쓸했을까
널 알고부터
너에게 푹 빠져 버렸어

우리 또 산책 갈까

190

내 그리움의 색깔

내 그리움의 색깔은
타닥타닥 타오르는 불꽃을 닮은
정열의 빨강입니다

그리움이 불꽃이 되어
미치도록 불타오르는 빨강

내 그리움의 색깔은
저 하늘에 사라져 가는 노을을 닮은
퇴색된 노랑입니다

그리움에 지쳐
점점 사그라지는 노랑

내 그리움의 색깔은
차갑게 얼어 버린 얼음을 닮은
텅 빈 하양입니다

아무것도 생각할 수 없고
아무것도 표현할 수 없는 하양

봄이 오면

하얀 눈이 녹아
시냇가에 물이 흐르면
맑은 새소리와 함께
초록의 나뭇잎이 돋아나겠지

나뭇잎이 바람결에 흔들리고
아지랑이 피어오르면
은은한 향기를 가득 안고
예쁜 꽃이 피어나겠지

실바람이 꽃향기를 전해 주면
나비들이 숨바꼭질하듯이
봄이 오는 동산에서
그리운 친구들과
뛰어놀고 싶어라

소풍

청아한 파란 하늘
바람결에 따라온 향기가
유혹하는 날
알록달록 김밥 싸고
그윽한 향기가 좋은 커피 담아
소풍 가자

하늘하늘 반기는 코스모스
나풀나풀 나비 춤추는
맑고 푸른 물빛 호수가 있는
하늘 아래 꽃숲으로
소풍 가자

너울너울 나비 춤추고
꽃향기 퍼지는 넓은 잔디 위엔
우리들의 쉼터를 만들어
재잘재잘 소곤소곤
이야기꽃을 피우고
추억의 향기를
한가득 담아 오자

짧은 만남 긴 수다

파아란 하늘이 너무 예쁜 날
빛나는 햇빛이 너무 맑은 날
싱그런 바람에 안기고 싶은 날
그리운 목소리
그리운 미소
그리운 얼굴을
만나고 싶어라

어쩌면 좋아
저기 멀리서
그리운 얼굴들이 미소 지으며
날 오라 손짓 하네

짧은 만남의 긴 수다로
웃음꽃 피어나고
우리들의 얼굴엔
행복 미소가 가득 피었나 보다

비록

아주 짧은 만남이었지만
또 다른 긴 수다를 그리워하며
오늘은 이만 안녕……

언제나 좋은 사람

아플 때엔
같이 아파하고
기쁠 때엔
같이 기뻐하는
참 좋은 사람

힘들 때면
먼저 손 내밀어 잡아 주고
아플 때면
할머니 약손처럼
어루만져 주는
참 좋은 사람

그렇게
등불이 되고
믿음이 되고
행복이 되는
언제나 참 좋은 사람

우리 모두
서로에게 그렇게
참 좋은 사람이면
좋겠습니다

소중한 사람들

웹에서 만나 소중한 인연이 되어 준 사람들
내가 이 세상에 태어남을 기쁘게 해준 사람들
부족하면 부족한대로 넘치면 넘치는대로
있는 그대로 보아 주는 소중한 사람들

꾸밈없는 마음을 주고받는
나의 소중한 사람들
그 어떤 글로도
그 어떤 말로도
행복이 넘치는 내 마음을
표현할 수가 없다

오늘 하루 행복이 춤을 추게 해 주고
오늘 하루 몸의 아픔도 잊게 해 주고
오늘 하루 기쁨으로 넘치게 해준
나의 소중한 사람들을 난 사랑한다
함께여서 더 소중한 사람들
사랑해

아주 작은 네가

아주 작은 네가
품안에 날아든 것을 모르고
통통하게 변해가는 내 모습에만
실망을 했지

아주 작은 네가
속삭이는 소리도 듣지 못하고
자꾸만 아파져 오는 내 몸만
걱정을 했지

시간이 흐른 후에야
겨우겨우 너의 목소릴 들었는데
반가움과 설렘보다는
두려움과 걱정이 먼저였어

한 번도 꿈꾸어 보지 못한 널
한 번도 품안에 안아 보지 못한 널
한 마리 작은 새로 날려 보내고
소리 내어 울지도 못했지

아주 작은 널 보내고
내 마음엔 상처만이 남아
다시는 만날 수도 없는 너에게
용서조차도 구할 수가 없구나

꽃빛에
젖어
그대 가슴에
안기고 싶은
날   © 안숙현, 2013

1판 1쇄 인쇄 | 2013년 10월 14일
1판 1쇄 발행 | 2013년 11월 4일

글 · 그림 | 안숙현
펴낸이 | 차여진
펴낸곳 | 달봄

책임편집 | 이젤리
디자인 | 영원 정보영
마케팅 | 이찬재
인쇄 · 제본 | 정민문화사

등록번호 | 제 406 - 2012 - 000092호
주소 | 경기도 파주시 회동길 99
문의 | 031- 944 - 5222
팩스 | 031- 944 - 9222
전자우편 | hello@dalbom.co.kr
홈페이지 | www.dalbom.co.kr

ISBN   978-89-968957-4-9 03810

※ 이 책은 달봄이 저작권자와의 계약에 따라 발행한 것이므로 본사의 서면 허락 없이는
   어떠한 형태나 수단으로도 이 책의 내용을 이용하지 못합니다.
※ 이 도서의 국립중앙도서관 출판시도서목록(CIP)은 서지정보유통지원시스템 홈페이지
   (http://seoji.nl.go.kr)와 국가자료공동목록시스템(http://www.nl.go.kr/kolisnet)
   에서 이용하실 수 있습니다.(CIP제어번호:CIP2013019984)
※ 이 책의 정가는 뒤표지에 있습니다. 잘못된 책은 구입하신 곳에서 바꾸어 드립니다.